LES GRIFFES
DE L'HOMME-LOUP

Biographie

R. L. Stine est né en 1943 à Colombus aux États-Unis. À ses débuts, il écrit des livres interactifs et des livres d'humour. Puis il de-vient l'auteur préféré des adolescents avec ses livres à suspense. Il reçoit plus de 400 lettres par semaine ! Il faut dire que, pour les distraire, il n'hésite pas à écrire des histoires plus fantastiques les unes que les autres. R. L. Stine habite New York avec son épouse Jane et leur fils Matt.

Avis aux lecteurs

Vous êtes nombreux à écrire à l'auteur de la série Chair de poule et nous vous en remercions. Pour être sûrs que votre courrier arrive, adressez votre correspondance à :

Bayard Éditions Jeunesse
Série Chair de poule
3, rue Bayard
75008 Paris.

Nous la transmettrons à R. L. Stine.

Chair de poule®

LES GRIFFES DE L'HOMME-LOUP

R.L. STINE

TRADUIT ET ADAPTÉ DE L'AMÉRICAIN
PAR MARIE-HÉLÈNE DELVAL
ILLUSTRÉ PAR JEAN-MICHEL NICOLLET

BAYARD JEUNESSE

Titre original
The Werewolf's First Night
More Tales to give you Goosebumps - special edition 2

Loi 49-956 du 16 juillet 1949 sur les publications destinées à la jeunesse
Dépôt légal octobre 2001
ISBN 2 7470 0384 1

1

DÉPART EN VACANCES

– Qu'est-ce qui ne va pas, Brian ? demande papa. Depuis quatre heures qu'on roule, tu n'as pas dit un mot. Tu n'es pas content de partir en vacances ?

– Si, si.

Je m'enfonce dans mon siège pour qu'il ne puisse pas voir mon reflet dans le rétroviseur. Il devinerait tout de suite que je mens.

Comme chaque été, nous roulons vers le lac Noir. Au bord de ce grand lac, il y a un village de vacances avec des bungalows et des tas d'installations sportives.

Beaucoup de familles s'y retrouvent, car on y propose des activités pour les enfants. Les adultes laissent leurs gamins aux moniteurs et s'en vont tranquillement jouer au golf ou faire de la voile.

– Tu es sûr que ça va, Brian ? s'inquiète papa.

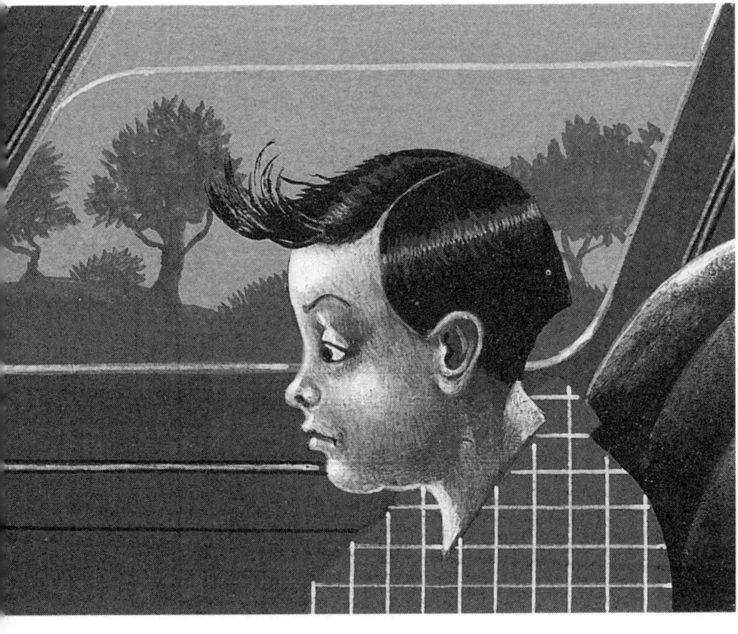

– Laisse-le, chéri, dit maman. Brian va être avec des grands, cet été. Cette idée doit le rendre un peu nerveux.

« Nerveux » n'est pas le mot juste. « Terrifié » conviendrait mieux.

Papa se racle la gorge. Il se racle toujours la gorge quand il s'apprête à me faire un petit discours d'encouragement :

– Écoute, Brian ! Ce sera excellent pour toi d'être avec des plus grands. Ça t'aidera à vaincre ta timidité.

– Je comprends que tu sois inquiet, Brian, renchérit maman. Mais tout se passera bien, j'en suis sûre ! C'est un endroit idéal, pour un garçon de ton âge. Tu as huit ans, maintenant. Et tu verras, beaucoup de choses vont changer, beaucoup !

Je me tourne vers la vitre en

soupirant. Mes parents ne peuvent pas comprendre. Bien sûr, l'idée de me retrouver dans un groupe de grands me fait un peu peur.

Mais ce qui me terrifie, ce sont les histoires que j'ai entendu raconter l'an dernier sur le lac Noir. Des histoires de créatures qui hurlent, la nuit, et qui laissent d'énormes traces de pattes griffues sur le sable de la plage. Des histoires de loups-garous hantant les parages.

Je n'ai jamais osé en parler à mes parents. Ils ne me croiraient pas.

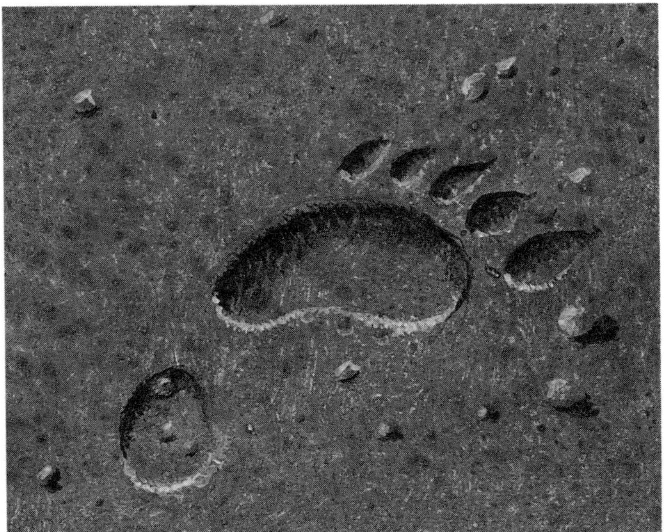

– Plus que dix kilomètres ! commente joyeusement papa. Je jette un coup d'œil par la vitre. Pas de doute. Un panneau indique :

LAC NOIR : 10 KILOMÈTRES.

Bientôt, je vois surgir un autre écriteau :

BIENVENUE
AU LAC NOIR !
– VILLAGE FAMILIAL –
DE VACANCES

NATATION, VOILE,
GOLF, TENNIS,
RANDONNÉE

Ils ont oublié d'ajouter : « et loups-garous. »

2

LE CLAN DES LOUPS

Dès mon arrivée, on me met dans un groupe composé de dix garçons. Ce groupe a choisi de s'appeler... le clan des Loups !

Évidemment, je suis le plus jeune.

Kevin, un rouquin à la peau très pâle, a neuf ans. Tout le monde se moque de lui parce que sa mère l'oblige à se tartiner de crème solaire.

Moi, avec ma peau brune, je ne crains pas les coups de soleil. Par contre, je suis plutôt grassouillet, ce qui me vaut

tout de suite le surnom de Petit Cochon.

C'est malin ! Jack, Phil et Tom, qui ont douze ans, sont les plus grands. Et dès la première partie de baseball, je comprends qu'ils vont être aussi les plus pénibles !

Jack prend des airs de dur, avec son anneau à l'oreille. Phil crâne dans ses T-shirts rouges trop grands. Tom est petit, mais trapu et agressif.

– Celui-là, me glisse Kevin au milieu du jeu, on devrait le surnommer Gros Lard !

Je réplique entre mes dents :

– Essaie, et il t'aplatira comme une crêpe !

Comme c'est mon tour de tenir la batte, je trotte jusqu'à la base. Tom est le défenseur. Il me crie :

– Allez, Petit Cochon ! Vas-y !

Et il sourit en découvrant ses dents.

J'en reste pétrifié. Je n'ai jamais vu des dents comme ça. Les canines de Tom sont longues et pointues comme… comme des crocs.

Des crocs de loup.

Tom fait alors quelque chose d'étrange : il referme vivement la bouche en tournant la tête de côté. Et la réflexion qui me passe par l'esprit est encore plus étrange : « Comme s'il avait oublié qu'il ne devait pas sourire. »

Allons, c'est complètement idiot ! Je prends une grande inspiration et je ferme les yeux. Quand je les rouvre, Tom sourit de nouveau. Ses dents sont parfaitement normales.

Mon imagination m'a-t-elle joué un tour ?

Je me rappelle alors ce que l'on dit des loups-garous : dans la journée, ils ont une apparence humaine. Et les nuits de pleine lune, ils se transforment en bêtes.

Tom serait-il un loup-garou ?

Après la partie, je prends Kevin à part, et je lui parle des dents de Tom. Je m'attends un peu à ce qu'il éclate de rire. Mais il ne rit pas. Il fronce les sourcils et dit :

– J'ai entendu parler de ces histoires de loups-garous. J'ai tout de même du mal à y croire. Tu es sûr que ce n'était pas une blague ? Des fausses dents en plastique ?

Je hoche la tête en soupirant :

– Peut-être. Mais si Tom voulait me faire peur, pourquoi a-t-il caché ses crocs si vite ?

– Je ne sais pas. On a intérêt à être prudents, à la prochaine pleine lune.

En rentrant au bungalow, je consulte discrètement le calendrier de poche de maman : plus que deux nuits, et ce sera la pleine lune !

Pendant tout le dîner, je me creuse la tête pour trouver une façon de raconter cette histoire à mes parents. Mais chaque fois que j'ouvre la bouche pour parler, je la referme en me disant qu'ils vont se moquer de moi. Je crois déjà les entendre : « Voyons, Brian ! À huit ans, on ne se laisse pas impressionner par un garçon farceur qui s'amuse à mettre des fausses dents ! » Alors je ne dis rien.

Après la vaisselle, mes parents s'en vont jouer aux cartes dans un bungalow voisin en me laissant tout seul. J'ai beau me répéter que les loups-garous, ça n'existe pas, que Tom n'est qu'un garçon comme les autres ; je ne me sens pas rassuré.

La nuit est tranquille, pourtant, et je suis sur le point de m'endormir quand j'entends un bruissement, dehors.

Mon cœur se met à battre à grands coups. Je pense : « C'est juste un écureuil ».

Le bruissement reprend, plus près, plus fort. Non, c'est plus gros qu'un écureuil. Ça doit plutôt être un raton laveur.

J'entends alors un grognement sourd, derrière la porte. Puis des grattements, un sinistre bruit de griffes sur le bois. Je me dis : « C'est Tom. C'est lui, j'en suis sûr ! »

J'allume la lampe, je saute de mon lit et je cours à la fenêtre. Sous la lumière blafarde de la lune, j'aperçois une silhouette vêtue d'un grand T-shirt rouge. Ce n'est pas Tom, c'est Phil ! Phil qui galope entre les arbres comme une bête sauvage !

Cette fois, dès que papa et maman reviennent, je leur raconte tout.

– Ne t'inquiète pas, mon chéri, murmure maman en m'ébouriffant les cheveux. Je te l'ai déjà dit, les choses vont bientôt changer. Un peu de patience, c'est l'affaire de quelques jours. Ensuite, tout ira mieux, tu verras !

– Ces garçons s'amusent à te faire peur, renchérit papa. Ne te laisse donc pas prendre à ce genre de blague !

Une blague ? Je voudrais bien que ce soit une blague ! Et les empreintes que je découvre, ce matin, c'est aussi une blague, peut-être ? D'énormes traces de pattes, qui tournent autour du bungalow et s'éloignent ensuite vers les bois, exactement dans la direction où j'ai vu Phil courir, la nuit dernière !

Phil aussi est un loup-garou. Maintenant, j'en suis sûr.

3

FEU DE CAMP

Ce soir, le clan des Loups organise un feu de camp au bord du lac. Je n'ai pas très envie d'y participer. Mais la lune ne sera pleine que la nuit suivante, le risque n'est donc pas trop grand. Du moins, j'essaie de m'en persuader.

Finalement, tout se passe bien. On mange des hamburgers, on fait rôtir des marshmallows, et Jack raconte l'horrible histoire du fantôme de l'homme à la jambe de bois. Je l'écoute distraitement. J'ai peur des loups-garous, pas des fantômes, même avec une jambe de bois.

J'observe Phil et Tom. Le feu fait danser des ombres inquiétantes sur leurs visages et allume des lueurs rouges au fond de leurs yeux. C'est plus fort que moi, je crains à chaque instant de constater qu'il leur pousse des griffes et des crocs.

Mais rien de tel ne se produit, et la soirée s'achève tranquillement.

En retournant vers les bungalows, je m'aperçois que j'ai oublié mon blouson neuf. Maman va me tuer si je le laisse dehors toute la nuit ! Je repars en courant vers la plage.

La lumière pâle de la lune coule sur le sable blanc. Je devine alors une silhouette accroupie près du feu éteint. Un garçon, ou… une bête ? Je m'arrête, le cœur battant à tout rompre. La créature relève la tête, et un anneau d'or brille à son oreille. C'est Jack !

Qu'est-ce qu'il attend, là, tout seul dans la nuit ? Mon blouson est là, abandonné près du feu. Mais je me demande si c'est bien prudent d'approcher. Au moment où je me décide, Jack tend les bras vers la lune, il ouvre la bouche et il pousse un long hurlement. Mon sang se fige dans mes veines. Aucun être humain ne peut hurler ainsi ! C'est un cri de loup, de loup-garou !

Je fais demi-tour et je fonce droit devant moi comme un fou.

Sur le sentier, je rattrape Kevin. Haletant, je lui dit :

– Tu as entendu ce cri ? C'était Jack !

Il me jette un drôle de regard, et je

vois qu'il est en train de fourrer quelque chose dans sa bouche, quelque chose de rouge. De la viande crue ! Kevin est un loup-garou, lui aussi ! Ils le sont tous ! Tous les garçons du clan des Loups !

Demain, c'est la nuit de la pleine lune. La nuit des loups-garous. Je me suis juré de ne quitter le bungalow à aucun prix. Mais voilà que notre groupe organise un bivouac ! On plantera les tentes dans les bois ! Dormir dehors la nuit de la pleine lune ? Pas question !

Toute la journée, je fais mine d'avoir mal à la gorge. Comme le soir approche, je dis d'une voix enrouée :

– Je suis sûr que ce sont mes amygdales…

– Brian ! soupire maman. On t'a opéré des amygdales à l'âge de deux ans !

Ce n'est pas le bon moyen. Cette fois, il faut que je me décide à dire la vérité. Enfin, une partie de la vérité, sinon mes parents vont me rire au nez :

– Je n'aime pas ces garçons. Ils n'arrêtent pas de m'embêter. Je suis sûr qu'ils me préparent une méchante farce. S'il vous plaît, laissez-moi rester ici, cette nuit !

Papa croise les bras et s'éclaircit la gorge :

– Ce serait la dernière chose à faire, Brian. Participe aux activités de ton groupe, c'est très important pour toi, je t'assure !

– Ton père a raison, renchérit maman. Passe cette nuit dans les bois avec tes camarades, et tu verras que tout ira mieux, après !

Décidément, ils ne veulent rien comprendre ! Je gémis :

– Mais, maman…

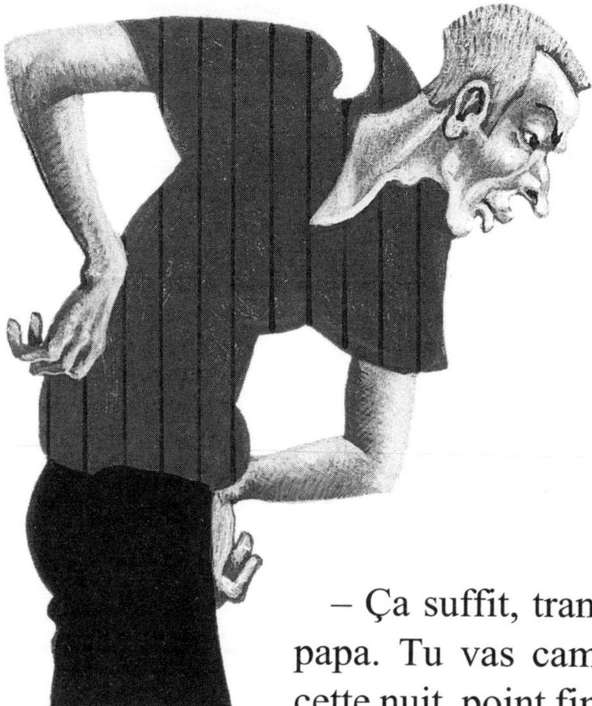

– Ça suffit, tranche papa. Tu vas camper cette nuit, point final !

4

LA PLEINE LUNE

Je n'arrive pas à y croire ! Me voilà perdu au milieu des bois avec une bande de garçons dont quatre au moins sont des loups-garous ! Et mes parents qui ne se doutent de rien !

Peu à peu, la nuit est tombée. Une à une, les étoiles se sont allumées. Bientôt, la lune surgira à l'horizon.

Laissant les autres autour du feu, je me glisse discrètement sous la tente, espérant me faire oublier. Trop tard ! Kevin m'a vu. Il appelle :

– Hé, Brian ! Tu ne viens pas manger ?

Je grommelle :

– Pas faim…

D'ailleurs, qu'y a-t-il au menu ? De l'écureuil cru ?

À travers la mince paroi de toile, j'écoute les rires et les bavardages. Les yeux écarquillés, je regarde monter lentement le large disque orangé de la lune. La pleine lune !

Je m'enfonce dans mon sac de couchage en essayant de me persuader que je me suis trompé, que ces garçons ne sont pas des loups-garous, que rien d'horrible n'est en train de se préparer.

C'est alors que s'élève le premier hurlement.

Mon cœur se met à taper dans ma poitrine à grands coups désordonnés. Mes bras se hérissent de chair de poule. Je dois fuir avant qu'il ne soit trop tard !

Je sors de mon duvet en me tortillant, et je soulève prudemment le battant de toile. J'aperçois Phil, debout, dans son grand T-shirt rouge.

Mais ce n'est plus Phil. Une épaisse fourrure couvre son visage et ses mains. Des crocs luisants retroussent sa lèvre.

Il renverse la tête et il hurle de nouveau.

Phil est devenu loup-garou !

Puis je reconnais Tom, Jack, Kevin et les autres, accroupis autour du feu. À leur tour, ils lèvent vers la lune leurs bras poilus. Et ils hurlent.

Le sang se fige dans mes veines. Avant que je puisse faire un geste, les loups-garous tournent vers moi leurs mufles de bêtes. Au menu, ce soir, ce n'est pas de l'écureuil cru. C'est moi, Brian !

J'ouvre la bouche pour crier, mais aucun son n'en sort. Je veux me relever pour fuir mais je suis totalement paralysé.

Je les entends arriver. Plus près, plus près. Je rouvre les yeux, terrifié. Phil est accroupi devant moi. Je sens sur mon visage son haleine chaude. Il lève sa main griffue, et…

Et, d'un geste sec, il retire son masque.

5

TROIS LOUP-GAROUS

J'en reste abasourdi.

Et Phil qui rit, qui rit ! Tom, Jack, Kevin et les autres se tordent de rire. Ils enlèvent leurs masques et leurs gants poilus.

– Bienvenue dans le clan des Loups, Brian ! crie Phil entre deux éclats de rire. Tous les ans on fait cette blague aux nouveaux. Mais tu as vraiment été le meilleur ! Tu as cru qu'on allait te manger tout cru, hein, Petit Cochon ?

Tirant de son sac un mini-radio-cassette, il appuie sur le bouton. Le

sinistre hurlement s'élève dans les bois.

– C'est un enregistrement d'effets spéciaux, explique-t-il.

On me montre ensuite la forme emmanchée à un bâton, qui a servi à faire des empreintes de loup ; les fausses dents que Tom portait pendant la partie de baseball, le morceau de plastique rouge que j'ai pris pour de la viande crue. Leur panoplie est complète.

Papa avait raison, c'était bien une blague !

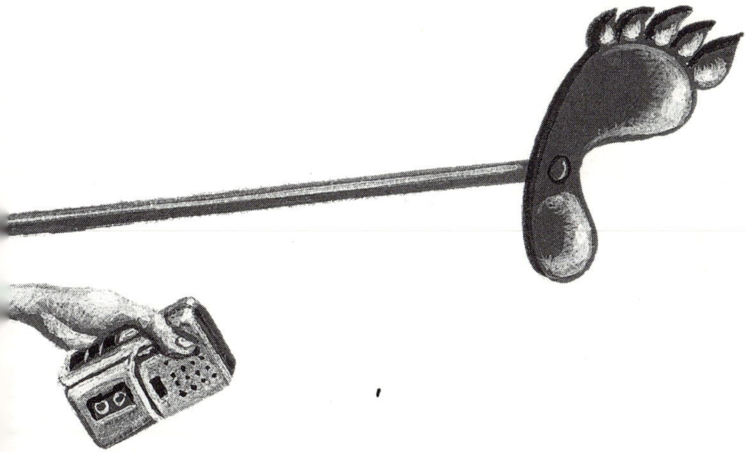

Les garçons s'esclaffent et m'envoient des grandes tapes dans les épaules.

– Ça va, Brian ? demande Kevin. Tu ne nous en veux pas trop ?

J'ouvre la bouche pour répondre, mais je ne réussis à émettre qu'une sorte de grognement.

– Allez, Brian, dit Phil. Le jeu est fini.

Mais je grogne encore. La peau de mon dos me démange. Je plisse le nez, et je renifle, agacé.

Baissant les yeux, je regarde les épais poils noirs qui poussent sur mes mains, mes ongles qui s'allongent, se recourbent, se transforment en griffes dures.

Je redresse mes oreilles. Je claque des mâchoires, et je sens la salive couler le long de mes crocs. Alors, je lève mon museau de bête vers la lune, et je hurle.

Jack, Phil, Tom, Kevin et les autres, tous reculent pas à pas, la bouche grande ouverte, les yeux écarquillés par l'horreur. Je ne peux pas leur en vouloir. Moi aussi, j'avais peur des loups-garous, avant.

Et je hurle ! Des fourrés voisins, deux longs hurlements me répondent.

Papa ! Maman ! Ils sont là ! Je comprends, maintenant, ce que maman voulait dire en répétant que tout irait mieux, que les choses allaient bientôt changer !

J'entends mon estomac gargouiller. Faim ! J'ai faim.

Je passe ma langue sur mes crocs luisants. Les garçons fuient devant moi à toutes jambes, mais je sais qu'ils n'iront pas loin. À quatre pattes, on est beaucoup plus rapide !!

Avec un claquement de mâchoires gourmand, je me lance à la poursuite de mes proies. Quel plaisir de courir ainsi, en longues foulées souples et silen-

cieuses, sous la blanche lumière de la lune ! Deux grandes silhouettes noires galopent à mes côtés avec des grognements joyeux.

Oui, papa et maman avaient raison : le lac Noir est un endroit merveilleux, pour une famille de loups-garous !

FIN

Chair de poule. ILLUSTRÉ

101. Les griffes de l'homme-loup
102. La punition de la mort

Chair de poule®

1. La malédiction de la momie
2. La nuit des pantins
3. Dangereuses photos
4. Prisonniers du miroir
5. Méfiez-vous des abeilles
6. La maison des morts
7. Baignade interdite
8. Le fantôme de la plage
9. Les épouvantails de minuit
10. La colo de la peur (ancien titre : *Bienvenue au camp de la peur*)
11. Le masque hanté
12. Le fantôme de l'auditorium
13. Le loup-garou des marécages
14. Le pantin maléfique
15. L'attaque du mutant
16. Le fantôme d'à côté
17. Sous-sol interdit
18. La tour de la Terreur
19. Leçons de piano et pièges mortels
20. Souhaits dangereux
21. Terreur sous l'évier
22. La colère de la momie
23. Le retour du masque hanté
24. L'horloge maudite
25. Le parc de l'Horreur
26. La fille qui criait au monstre
27. Comment ma tête a rétréci
28. La rue maudite

29. Le fantôme décapité
30. Alerte aux chiens
31. Photos de malheur
32. Les fantômes de la colo
33. La menace de la forêt
34. Comment tuer un monstre
35. Le coup du lapin
36. Jeux de monstre
37. Nuits de cauchemar
38. Des appels monstrueux
39. Le souffle du vampire
40. Les vers contre-attaquent
41. Le mangeur d'hommes
42. La colo de tous les dangers
43. Sang de monstre
44. Abominables bonshommes de neige
45. Danger, chat méchant !
46. La bête de la cave
47. L'école hantée
48. Sang de monstre II
49. Terrible internat
50. La peau du loup-garou
51. Le jumeau diabolique
52. Un film d'horreur
53. L'attaque des spectres
54. La fête infernale
55. L'invasion des extraterrestres, 1
56. L'invasion des extraterrestres, 2
57. Le manoir de la terreur
58. Cauchemars en série
59. Ne réveillez pas la momie !
60. Un loup-garou dans la maison
61. La bague maléfique
62. Retour au parc de l'horreur
63. Concentré de cerveau
64. Sous l'œil de l'écorcheur
65. Halloween, une fête d'enfer
66. Mort de peur
67. La voiture hantée
68. La fièvre de la pleine lune
69. Kidnappés dans l'espace !
70. L'attaque aux œufs de Mars
71. Frissons en eau trouble
72. Les vacances de l'angoisse
73. La nuit des disparitions
74. Le fantôme du miroir
(à paraître en novembre 2001)

Hors-série :

L'homme qui donne la chair de poule !

Halloween, le guide pour la fête

Imprimé en France par I.F.C. 18390 Saint-Germain-du-Puy
N° d'imprimeur : 01/727